Vito Alberto Marino

I racconti di Mommu

Youcanprint *Self-Publishing*

I racconti di Mommu
© 2018 - Vito Alberto Marino

ISBN | 978-88-27857-64-9

Youcanprint Self-Publishing
Via Marco Biagi 6, 73100 Lecce
www.youcanprint.it
info@youcanprint.it

Di notte andavo da solo su per la montagna. Mi facevano compagnia il mio vecchio bastone e il mio fedele compagno Miu, un Cirneco nero dell'Etna; solo lui era in grado di farmi da guida e mi aiutava nei momenti di pericolo.

Portavo sempre nella coffa un pane di semola caldo, carne secca e vino, che trovavo tutte le mattine al nostro risveglio, un pasto che mi aiutava ad avere le giuste energie per camminare tutta la notte. Ovviamente, una piccola razione di carne era per Miu.

Non so cosa mi spingesse a uscire di notte e dormire di giorno, so che non mi piaceva avere contatti con le persone del mio paese, perché mi chiamavano vecchio pazzo. Certo, tanto a posto non lo ero stato mai; vivevo in una casa di pietre, senza porte e finestre, dormivo di giorno e uscivo di notte, ma è quello che facevo da sempre.

Non avevo mai conosciuto i miei genitori e non mi ricordo di essere stato mai giovane; anche gli anziani del paese dicono che sono sempre stato vecchio. Cominciai a pensare di appartenere a un'altra dimensione, il mio aspetto era da vecchio ma con la forza di un guerriero di altri tempi.

Ricordo che una notte, in cui mi ero addormentato tra le rocce per la stanchezza, mi svegliai a causa di un boato e uno scuotimento della terra, una scossa forte, tipica della zona etnea. Vidi due luci vicine tra loro e, incuriosito, mi alzai e andai a vedere cosa fosse; mi accorsi che erano gli occhi di un cane, timoroso. Non mi avvicinai subito, ma fu lui ad avvicinarsi, fermarsi e sdraiarsi vicino ai miei piedi, ma la cosa più strana fu che mi salutò: «Ciao Mommu». Tra la paura e l'incredulità, lo accarezzai e mi accorsi di un collare di cuoio con tanti minerali verdi e una scritta: "Miu". Da allora siamo inseparabili. Anche lui è forte e senza tempo; ormai trovo normale riuscire a sentire quello che mi dice, solo nei momenti di bisogno, anche se non emette suoni.

Una notte di forte eruzione lavica, ci trovammo nella zona di Piano Provenzana, zona Etna nord. Riuscivamo a vedere l'uscita della lava fluida che scendeva per la valle. Improvvisamente, dalla lava fluida uscirono delle strane creature infuocate e vetrose, sembravano alti più di due metri; mentre dai sassi che cadevano dal cielo prendevano forma altre creature inquietanti, anch'essi di grande corporatura. Mi ricordo che mi tremavano le gambe dalla paura; il mio cane era vicino a me in silenzio.

Si posizionarono come in una battaglia, dal nulla arrivarono anche dei cani diversi per ogni gruppo: Mastini siciliani, per il gruppo che soprannominai Basalti, perché formati dalle pietre; Cirnechi, per il gruppo a cui diedi il nome di Ossidiani, perché formati dalla lava fluida e di aspetto vetroso.

Tra il rumore infernale che le creature facevano muovendosi e i cani che abbaiavano senza sosta, io ero fermo e impietrito con Miu al mio fianco. Nessuno si era accorto della nostra presenza, mentre noi riuscivamo a vedere ogni loro movimento.

Improvvisamente il vulcano cessò di eruttare, il cielo diventò azzurro chiaro come di giorno e un silenzio spettrale, che faceva più paura del rumore, non prometteva nulla di buono. Durò così per un periodo che non so descrivere. Di colpo, il silenzio fu spezzato da urla disumane e cominciò la battaglia.

I Basalti avevano mazze di pietra, con le quali riuscivano a frantumare come cocci di vetro i loro avversari, mentre i loro Mastini con le mascelle fortissime divoravano i cani del nemico. Gli Ossidiani avevano spade taglientissime, che riuscivano ad affettare i basalti senza difficoltà, mentre i loro Cirnechi avevano denti lunghi e affilatissimi e per i Mastini non c'era scampo; i loro guaiti facevano vibrare l'aria.

Quando il cielo tornò scuro come la notte, si vedevano solo gli Ossidiani color fuoco, tutti riuniti vicini agli ammassi di pietre. I loro nemici con i loro cani erano stati sconfitti; il loro capo, l'unico rimasto in vita, consegnava lo scettro al capo degli Ossidiani, un bastone verde che emetteva una luce che illuminava tutto il vulcano.

Il mio cane mi spiegò che i Basalti, trasformati in gente comune, avevano comandato la Sicilia per millenni; erano dei delinquenti che avevano portato solo povertà e morte. Adesso, con gli Ossidiani ci si aspettava il benessere e la pace tra la gente. Nonostante mi fossi abituato a Miu che mi parlava, mi stupiva sempre per le cose che sapeva.

A un tratto, gli Ossidiani andarono tutti in fila verso la bocca principale. Entravano e non vedevo più uscire nessuno, ma il mio cane sapeva che sarebbero usciti alla prima notte di luna piena, dalla foce del Simeto, trasformati in uomini e donne, che sarebbero diventati persone con ruoli sociali e poteri decisionali di spicco, per poter cambiare la politica a favore della ricrescita e del benessere del popolo siciliano.

Durante il tragitto di rientro a casa, il mio cane corse verso una luce accecante, ma riuscii a intravvedere una donna e un uomo che parlavano e accarezzavano Miu. Quando tornò da me, mi disse che un giorno avrei saputo chi fossero e che sarebbe accaduto prima del solstizio del 21 giugno 2020, giorno in cui una terribile eruzione avrebbe messo in serio pericolo la popolazione siciliana della zona orientale; poi, aggiunse: «Conosco, tra la popolazione catanese, persone fidate a cui rivolgersi nel momento del bisogno, come la signora che ci fa trovare al mattino pane di semola caldo, carne secca e vino».

Aspettando la prima luna piena per andare alla foce del Simeto e vedere uscire gli Ossidiani, le notti all'Etna con Miu erano molto silenziose e tetre. Dove c'erano i corpi dei Basalti e i loro cani, mi accorsi che si era formato un unico masso di pomice enorme. Miu mi rivelò che solo io potevo spostare quel masso con il mio bastone senza difficoltà, così provai; sotto iniziava una lunghissima galleria sotterranea, alta e fredda, piena di minerali lucenti di colore turchese e viola. Presi coraggio e andai con il mio cane a scoprire dove arrivasse la galleria.

Dopo ore interminabili di cammino, mi accorsi di un altro masso strano tra i cristalli. Con il mio bastone bastò poco per aprire la galleria; rimasi incredulo, eravamo arrivati al mercato ittico di Catania, chiamato "pescheria". Fu in quel momento che Miu mi disse: «Il capo degli Ossidiani conosce i tuoi genitori e te da quando eri piccolo. Ti ha nominato guardiano della galleria, avrai il compito di salvare tutte le persone buone prima dell'eruzione catastrofica. Saprai al momento cosa fare». Mille pensieri mi passarono per la mente, credevo di essere anch'io un Ossidiano o qualcosa di simile, di certo non dovevo essere umano.

Le uscite con Miu erano diventate sempre più interessanti. Mi invitava spesso a scendere nella galleria per scoprire i segreti che mi sarebbero serviti per aiutare le persone, ma a me sembrava non ci fosse nulla da scoprire; c'erano solo minerali di tutte le dimensioni, ma se lo diceva lui doveva esserci qualcosa. Un giorno vidi Miu fermo sotto un minerale diverso; guardando bene aveva un colore differente dagli altri, un rosso scuro. Avevo capito che mi stava indicando qualcosa; cominciai a toccare quel minerale come una leva ma nulla; ma appena tirai, il quarzo uscì e si aprì un'altra galleria. Misi il quarzo in tasca per non perderlo e proseguimmo il cammino.

Non riuscivo a vedere la fine della galleria, lateralmente scorreva acqua limpida e assaggiandola era dolcissima ed energizzante, ne bastava poca per sentirsi sazi e forti.

Andando avanti per vedere dove andava a finire l'acqua, la galleria era in discesa e mi accorsi che era scivolosissima quando io e Miu fummo come risucchiati in un viaggio che sembrava non finire mai, fino ad arrivare a una enorme caverna. In fondo c'era una enorme scala con una porta vetrosa color rosso. Fui felice perché non vedevo l'ora di uscire all'aperto ma, quando fummo in cima, la porta aveva una toppa dove inserire una chiave speciale. Fu in quel momento che ebbi paura, pensai di non poter più ritornare indietro, ma Miu con la sua bocca afferrò il quarzo rosso che avevo messo in tasca e mi indicò di inserirlo dalla parte della punta, la porta si aprì e con mio stupore eravamo al porto di Siracusa.

Capii che le gallerie portavano in posti strategici per garantire la fuga delle persone che avrei dovuto salvare; sapevo che, arrivato il momento, avrei saputo in anticipo quando allertare la popolazione, ma non sapevo se avrei ricevuto istruzioni su come utilizzare le gallerie e tutta l'organizzazione per la fuga. Intanto i giorni passavano e si avvicinava il 21 giugno 2020, mancavano meno di due anni.

Una notte, scendendo dalla galleria che portava alla pescheria di Catania, decisi di andare con Miu a piedi fino alla foce del Simeto. Mancavano tre giorni alla luna piena e volevo capire da dove avrebbero potuto uscire gli Ossidiani ed ero curioso di sapere se si fosse già visto qualcosa.

Arrivati nella zona, il mare era calmo e piatto come una tavola; tutto intorno alla foce e anche in cielo era pieno di gabbiani; la luna piena illuminava tutta la zona della foce e un colore rosso intenso colorava la sabbia. Non avevo mai visto nulla di simile. Decisi di tentare di avvicinarmi, ma con molta discrezione nei movimenti, perché è risaputo che i gabbiani possono attaccare gli uomini. Man mano che ci avvicinavamo, i gabbiani andavano via, ma quando fummo vicini, tanto da poterli vedere meglio, mi accorsi che erano aquile fasciate; sembravano di guardia alla foce. La paura era tantissima, non ne avevo mai viste così tante, solo tre vicino a casa mia, ma erano passati molti anni.

Man mano che raggiungevo il fiume, notai che il colore rosso della sabbia era il riflesso della luna su dei sassi strani, color rosso miele di castagno. Miu, che mi parlava solo nel momento del bisogno, mi disse che era Simetite, un'ambra conosciuta in tutto il mondo e pregiatissima, ed era lì per un motivo. Avrei dovuto raccoglierla tutta e portarla a una persona fidata che conosceva lui, che mi avrebbe garantito in cambio l'aiuto di un suo amico armatore di traghetti, con una flotta a Catania e una a Siracusa, per salvare tutte le persone che sarei riuscito a mettere in salvo.

Adesso bisognava trovare un mezzo per prendere tutta quell'ambra. Miu mi disse: «Conosco un uomo umile e solitario, che ha tantissime botti grandi inutilizzate da 500 litri». Andammo a trovarlo. Il suo aspetto mi ricordava qualcuno; un uomo alto, robusto per l'età che mostrava e rossiccio di capelli. L'accoglienza fu come quando si incontrano dei vecchi amici che non si vedono da molto tempo. Mi disse: «Ciao Mommu, io sono Niria (Andrea in siciliano antico)», e tra un bicchiere di vino e quattro chiacchere gli chiesi in prestito qualche botte. Senza chiedermi il motivo mi disse: «Sapevo che un giorno saresti arrivato, le ho custodite gelosamente perché mi avevano detto che sarebbero servite per mettere l'oro rosso».

La sera stessa portammo via le botti e, con l'aiuto di Niria, andammo a caricare l'ambra. Le aquile facevano da guardia per non far avvicinare nessuno e velocemente riempimmo 10 botti. Andammo subito a consegnarle alla persona fidata, che abitava in una vecchia casa al porticciolo di Ognina (una località sul mare di Catania), casa molto umile per un armatore. Aprì la porta un altro uomo grande e robusto, con una lunga barba bianca; stringendoci le mani, ci disse che si chiamava Vartulu (Bartolomeo in siciliano antico). Ci aiutò a scaricare il camion per fare in fretta prima che arrivasse l'alba, perché sarebbero rientrati i pescatori. Fu una nottata bellissima, aveva preparato per noi una cena a base di pesce che non avevo mai mangiato così abbondante e buono. Io, Miu e due bravissimi uomini stavamo vivendo un momento indimenticabile. Al mattino, prima di salutarci, Vartulu disse che sarebbe stato pronto ad attivarsi appena lo avrei allertato, certamente avvisandolo per tempo: per organizzare gli spostamenti occorreva saperlo una settimana prima. Niria ci accompagnò a casa al Milo e ci salutammo con la promessa di rincontrarci. Lui mi disse: «Prima di quanto tu possa immaginare». Il peso e l'angoscia di riuscire a fare tutto nel modo giusto mi toglievano la serenità che avevo sempre avuto; la mia paura era di non riuscire a salvare in tempo più persone possibile.

Dopo due giorni, era il momento della luna piena. Io e Miu ci preparammo per la lunga camminata utilizzando la galleria, che ci avrebbe portati alla pescheria di Catania. Appena messici in cammino, un clacson attirò la nostra attenzione; era Niria con Vartulu che venivano a prenderci. Che gioia! Mi sentii subito rilassato, tutta l'angoscia che avevo accumulato era sparita, avevo capito che da quel momento non sarei più stato da solo. Appena arrivati al porticciolo di Ognina, Vartulu fece parcheggiare il camion in un posto sicuro e ci aiutò a salire su un grande peschereccio. Andavamo a prendere gli Ossidiani; che strana emozione mista a paura! Durante il tragitto fino alla foce, Bartulu mi spiegò che i nomi che avevo dato, Basalti e Ossidiani, non li avevo veramente scelti io, ma erano stati suggeriti da un uomo che avrei conosciuto a suo tempo e che sarebbe stato mio padre.

Vartulu ormeggiò il peschereccio al largo e con un gommone a motore ci mettemmo a riva. Aspettammo alcune ore, poi sentimmo delle voci dal mare; erano tutti vicino al peschereccio che nuotavano e aspettavano per salire e noi credevamo che uscissero dal fiume. Ritornammo indietro e cominciammo a farli salire sul peschereccio. Sembravano tantissimi, ma riuscimmo lo stesso a portarli via tutti insieme. Man mano che salivano, erano già asciutti; erano tutte persone forti e giovani con tanti bambini, anche con alcune disabilità. Tra questi, una bambina catturò la mia attenzione, faceva fatica a camminare ma rideva sempre; era con mamma, papà e fratello. Continuavo a guardare tutti e pensavo a come li avevo visti originariamente, uscire dal magma e combattere; oggi, invece, erano tutti di aspetto fisico indigeno. Cos'è che stava accadendo veramente? Chiesi a loro chi fossero realmente e mi spiegarono che erano originari di tutte le nazioni, che erano stati scelti da un uomo e che avrebbero fatto un'esperienza fuori dalla normalità. Infatti, dissi tra me e me. Sapevano che ognuno di loro aveva un compito assegnato e che l'obiettivo principale era sconfiggere il male attraverso l'unione comunitaria di persone buone con molte capacità dirigenziali. In quel momento pensai: chiunque tu sia, sei la dimostrazione che un Dio esiste.

Appena arrivati a Ognina, ogni persona ci salutò col nostro nome – sapevano come ci chiamavamo! – e andarono ognuno per la propria strada – sapevano dove andare! Da quel giorno cominciai a dormire di notte e andare al mattino in città, per vedere se avessi riconosciuto qualcuno tra la folla. Si avvertiva un clima di tranquillità e ogni tanto mi sentivo chiamare e salutare; ero davvero felice. Cominciai a vivere diversamente, mi intrigava ascoltare le persone e sapere come andavano le cose in Sicilia. Ero sempre più stupito di come la gente fosse contenta, avesse un lavoro e potesse fare progetti per il futuro.

I due anni passarono veloci, la popolazione siciliana viveva un periodo di crescita e spensieratezza, ma io sapevo che sarebbe accaduto un disastro, che avrebbe messo di nuovo a dura prova il benessere di una parte di siciliani. Cominciarono dei piccoli terremoti quasi ogni sera, una notte mi sentii chiamare ma non c'era nessuno; capii che forse era arrivato il momento, mi alzai e chiamai Miu, ma era già vicino a me. La gente era per strada impaurita, avvertiva che stava per accadere qualcosa. Fu in quel momento che una voce dentro di me mi diede istruzioni su come avrei dovuto coinvolgere la popolazione.

Ero stato avvertito che mancava un giorno per preparare le persone e attivare gli aiuti, così feci; parlai con tutte le persone che vedevo, spiegando loro cosa stava per accadere, era abbastanza che muovessi il bastone, per ottenere la loro attenzione e collaborazione. Nel frattempo, andai ad avvisare Vartulu che il momento era arrivato e che poteva già far posizionare i pescherecci per il 20 al mattino presto; ci sarebbero stati anche i mezzi navali della marina militare. Anche Niria si sarebbe posizionato con il camion alla pescheria, per portare le persone al porto di Catania.

Il 20 mattina all'alba, come da programma, arrivarono tutte le persone allertate vicino all'ingresso della galleria; sembrava un fiume di persone provenienti da tutto il territorio della Sicilia orientale. Con il bastone aprii l'ingresso della galleria e cominciammo a entrare; un gruppo seguiva me verso Siracusa, un altro seguiva Miu verso il porto di Catania. Un flusso continuo di persone, distribuiti in famiglie complete, che sapeva chi seguire e perché, come se ci fosse qualcuno che desse loro istruzioni; probabilmente era così, bastava osservare le persone con disabilità, che riuscivano a muoversi ugualmente da soli, per capire che c'erano forze innaturali in gioco. Andavano tutti verso destinazioni diverse: Lampedusa, Pantelleria, Favignana e parte della zona di Palermo, Trapani e Agrigento; lo scopo era quello di liberare tutta la zona orientale. Ci furono persone che non vollero lasciare le proprie abitazioni, come se non rispondessero alla magia del mio bastone;

erano famiglie appartenenti ai clan di mafiosi che comandavano tutta la Sicilia orientale e altre appartenenti alla delinquenza locale.

Il giorno 21, nel pomeriggio, tutte le persone erano state messe in sicurezza. Sapevano che avrebbero dovuto ricominciare una nuova vita e che sarebbe stata ricca di emozioni e di eventi positivi; era il momento di recuperare valori che dessero gioia di vivere.

Io e Miu sapevamo che prima del tramonto dovevamo posizionarci all'ingresso della galleria principale al Piano Provenzana in attesa dell'evento catastrofico. Appena tramontato il sole, un forte terremoto e un boato da paura ci fecero capire che era arrivato il momento; si aprirono vecchi crateri molto in basso e vedemmo la lava fluida scendere velocemente a valle. Non c'era nemmeno una luce, solo tanti fiumi di lava incandescente che arrivavano fino al mare; si vedeva Catania rossa come fuoco. Appena fuori dal porto, si vedeva gorgogliare lava fusa che colorava di rosso tutto il mare circostante, inghiottendo tutte le imbarcazioni. Fu in quel momento che capii l'importanza di aver evacuato tutta la zona, altrimenti ci sarebbe stata una strage di vittime. Mi chiedevo chi fossero veramente gli Ossidiani e chi avrei dovuto conoscere e quando.

L'eruzione durò una notte intera; all'alba, dall'alto, vedemmo solo colate nere e fumose che passavano tra gli edifici. Non era ancora il momento di scendere a valle, bisognava aspettare qualche giorno, così dissi a Miu che nel frattempo occorreva procurarsi del cibo e fare una scorta. Appena finito di parlare, Miu corse verso un sasso e mi fece capire di seguirlo; dietro il sasso trovammo pane, carne, vino e acqua a volontà, qualcuno li aveva messi lì per noi, ma chi? Sarà stata la stessa donna che tutti i giorni me li faceva trovare a casa?

Dopo una settimana dall'eruzione, io e Miu andammo a Catania fino al mare. Per paura che la galleria fosse impraticabile, decidemmo di scendere a piedi. Ci accorgemmo subito che la città non era distrutta; la lava aveva distrutto molte case appartenenti a famiglie malavitose, le aveva inghiottite e lastricato le fondamenta, come se non ci fossero mai state, e insieme ad esse anche le persone che non vollero andarsene. Sembrava che tutto quello che era successo avesse uno scopo, recuperare un senso della vita dove non ci fosse il sentimento di paura "ben gestito dalla delinquenza". Le strade erano lastricate in modo uniforme, come se fossero state asfaltate con la pietra lavica; il piccolo vulcano che eruttava sotto il mare era spento. Tutto era irreale ma bello da vedere, tutto portava a pensare a un cambiamento epocale.

Da lontano vidi avvicinarsi Vartulu e Niria, rimasti sulla nave al largo con le loro famiglie. Mi dissero che era il momento di fare rientrare la popolazione e così iniziarono i viaggi con le navi. Man mano che le persone arrivavano al porto di Catania e Siracusa, dallo sguardo sembrava assaporassero già il benessere per loro e le generazioni future; era un momento di contentezza anche per me che, sia pur indirettamente, avevo contribuito a questo benessere. Anche se eravamo ai primi di luglio, tutti i cittadini vollero festeggiare la santa patrona "Sant'Agata" portandola per tutte le strade, anche nelle zone dove non era mai stata. Un mese di gioia infinita per tutta la popolazione.

Passarono gli anni e la popolazione era felice, tutto andava bene, il lavoro c'era per tutti e quindi il benessere; la città era diventata bellissima; in ogni quartiere, la polizia locale assieme agli assistenti sociali aveva istituito un controllo sistematico delle famiglie per valutare gli eventuali bisogni e allo stesso tempo una prevenzione dalla cultura delinquenziale. Un mondo magico finalmente realtà.

Ogni volta che andavo in giro, mi salutavano tutti «Ciao Mommu»; chiunque voleva ringraziarmi e ospitarmi, avevano un senso di gratitudine commovente. Pensavo spesso di esser stato privilegiato da chi mi aveva dato questi poteri, ma preferivo rimanere nella mia semplicità, nella mia casa con Miu. Una sera mi sentii chiamare, Miu mi disse: «Andiamo, è arrivato il momento di conoscere i tuoi genitori». Andammo verso la galleria principale sull'Etna, ci sedemmo su un sasso e aspettammo per ore. C'era un freddo che non avevo mai sentito e il cielo era pieno di nuvole rosse che formavano disegni bellissimi. A un tratto la terra tremò e, pensando a una nuova eruzione, dissi al mio cane: «Presto, andiamo via!». Poi vidi il sasso della galleria spostarsi da solo e subito dopo uscire due persone. Ecco, dissi tra me e me, era arrivato il momento di capire chi fossi realmente. Si avvicinarono due persone bellissime e vollero sedersi vicino a me e Miu; mi raccontarono che erano i miei genitori adottivi e che ero il figlio del Re dei Siculi, affidato a loro in quando persone di fiducia durante la sconfitta subita nell'ultima battaglia. Lui era il capo dell'esercito dei Siculi e, assieme a sua moglie, io e Miu (il loro cane) avevamo ricevuto l'immortalità, con l'incarico di sorvegliare il territorio della Sicilia orientale per l'eternità. Tutto quello che avevamo fatto era avvenuto grazie ai nostri poteri; tutte le persone che avevamo salvato non avevano poteri e non avrebbero ricordato nulla del passato, nemmeno Vartulu e Niria, che sarebbero diventati amici inseparabili.

La mamma adottiva mi disse: «Da adesso non ci vedremo più, avrai il compito di sorvegliare tutto il territorio assegnato con tutti i poteri concessi dal nostro Dio. Abbracciami». Appena mi avvicinai a lei fui come risucchiato in un abbraccio in cui vidi tutta la mia vita, dalla nascita fino a quel momento; non avrei mai voluto lasciare quelle braccia, ma con il cuore in gola non avevo alternative. A un tratto mi salutarono e andarono via per sempre.

Da quel momento mi sentii forte e sereno; ero felice che almeno Miu fosse rimasto con me, eravamo i guardiani della felicità della gente, tutto questo mi riempiva di gioia e così decidemmo di stare vicino al popolo Catanese, andando ad abitare vicino a Vartulu, in una piccola casetta di pescatori. Di giorno andavamo in giro in città e qualche notte sull'Etna. Era una vita bellissima, eravamo "i guardiani della felicità".

Finito di stampare nel mese di Novembre 2018
per conto di Youcanprint *Self-Publishing*

www.ingramcontent.com/pod-product-compliance
Lightning Source LLC
Chambersburg PA
CBHW071644170726
48000CB00024B/2746